《鸣沙山》

《二十四节气之立春》

《旋转的荷家》

《每一个想去的地方》

自画像

何鸣 著

何鸣诗歌自选集

人民文学出版社

《绵绵的梦》

《2020年的春天》

《悼念》

《海浪的声音》

序

向微小的事物致敬

谢冕

何鸣的诗很有特色，纯粹，自我，也好读。她是从自己的感受出发，实实在在地抒情；她从不写未曾感受到的东西，排斥大而无当的叙述，她实诚的抒情是我早年间对她诗歌创作的评价，如今依然如此。

人们常说，诗歌让我们拥有超越世俗的生活，让我们的内心对世界保有敏锐的感受力，让我们保持对纯粹诗意的念想。的确，对何鸣来说，诗歌就是生活的表达，没有刻意，也没有故意，是一种自然诗性的流露。她忠于自己的感受，写自我满足的诗歌，沉浸在与诗歌独处的版图里。通读她的这本诗作，你会发现她很少去写人群，很少关心历史，没有大事件，没有大道理，有的只是生活本身，永远是那些碎屑，小到被人遗忘，被时间掩埋；小到只在内心刮起微风，泛起涟漪。

> 翻开六年前的一本笔记
> 字迹陈旧，页面微黄。
> 少许霉味
> 压在一篇演说摘录中
> 文字干净得过于谦卑
>
> 一支竹书签
> 刻着漫不经心
> 风干的名言这样写道
> 万物无路可寻

我试图夹在另一本书里
纸张
掀起了他们的好奇心

——《竹书签》

在这首诗里，这枚竹书签，只是一个小小的物件，就像生活中的其他许多事物一样，原本并没有什么太大的价值，但因为一次次地被打捞而浮出水面，成为片光零羽，成为照亮日常岁月的一道道光。这样的诗，何鸣还写过很多，如收录在这本诗集中的《失落之物》《小布头》《薄荷》《飞起来》《核桃》等，而就算是写生活，何鸣也不困于家长里短、柴米油盐，她始终生活在自己的世界里。这个世界没有大词，没有宏伟，这个世界只有生活，只有自己，只有内心。

任何一个日常生活的细节，都可以成为何鸣的诗歌主题。有时，诗人也借一片茶叶来抒情："回想中的猴魁 / 在山间云端　炽烈安睡 / 不带目的的富饶 / 牵扯裙裾翻飞 // 细雨中触景　微风中生情 / 还缺的那几片 / 故意藏起来 / 怎么也捞不起"（《绿茶》）。

今人喜以"有用"和"无用"来区别事物，而诗歌通常被归位于"无用"。何鸣也写了不少"无用"之诗，譬如《当我吞下一把药》《思绪》《小奏鸣曲》《不如画画吧》《你可以想象》等等，让人想起平凡人生的情感和愿望，某种接地气的踏实的东西。正是因为这样，何鸣的诗大多是日常生活的景象，但她却给平凡的事物注入了一种不平凡的质地，离思绪近一点儿，离想象近一点儿，离内心近一点儿，关注自然界中纤弱而明媚的事物，大到《火车穿行在巴伐利亚森林》，小到《莫奈花园的苹果树》，着迷于时间的流逝、空间的位移，并把时间和空间的变化与内心的畅想联系在一起。

> 茨坪镇没有想象中的冷
> 水杉熟了
> 在另外一些时光里
> 它们变成重阳木
>
> 我对山区无所了解
> 以为不明确的雨随时会来
>
> 围着挹翠湖绕了一圈
> 冬天轻手轻脚
> 这件事的残忍在于
> 红嘴的灰喜鹊在枝上呢喃
> 我透过窗户望着它们
> 比笋尖还要细碎的良善
>
> ——《冬末在挹翠湖》

我们仿佛听见那些花开的声音，安静地掀起内心的风暴，通过鸟鸣唤醒世界，唤醒自然，而这种唤醒又不仅仅限于植物，还包括动物。"春天转眼过去 入夏已至小满/与这些时间相比/它的热情多么可怜"，何鸣在她写给自己养的小狗绵绵的短诗《小满》中这样结尾,足见她着迷于时间与心灵的跨界。

"墙上的猫头鹰是一幅画/我更愿意把它看作是一根蔬菜/它的脑袋里全是叶绿素/它的翅膀下覆盖着温暖"(《墙上的猫头鹰》),同样也是动物的猫头鹰,第一次出现在何鸣的诗中,成为一个隐喻。

以诗为证,以诗为自己写下备忘录,只有这样的岁月流逝才让自己变得心安。我们从诗人的这些诗中目睹了许多私人的空间,私人的事件,私人的昙花一现的闪念,都是那么随意和自然。用诗歌在人群中找回自己,这就像是一种仅仅属于个人的文化事件。

何鸣的诗,无论来自生活,还是来自灵感,诗人都放任语词的滑动和撞击,她并不刻意制造意义,而是让语词按照自己的节奏去碰撞,进而产生了奇异的意义联系,呈现出一种令人欣喜的全新面貌来。这估计也是诗人自己始料未及的。

> 散尾竹虽然披头散发
> 因为有了滤镜和调色板
> 照片上净是糖水味
>
> 糖水是奇怪的时光机
> 把甜味折叠起来　　发酵
>
> 走到教堂只需五分钟
> 我突然想起张神父的一句话

> 他说爱主成伤
>
> 散步时我们在想什么
> 有人在楼上喊
> 下——雨——了——
>
> ——《散步时我们在想什么》

在这里,我们可以看到,诗人与语词之间的公平相处,没有专制,没有压迫,有的只是语词顺着语感的节奏在舞蹈。何鸣的诗恢复了语词自身的自主性,不再给予诗歌太多的使命,让诗歌回到语词本身,更倾心于诗人个体的瞬间感悟和体会。

> 我一共看过两次这样的日落
> 一次在东太平洋
> 一次在西太平洋
>
> 我发誓要看过所有的海
>
> 那天我在岛上
> 那片海
> 先是布鲁克纳,接着是德彪西
> 最终停止于舒曼
>
> ——《那天我在岛上》

何鸣的诗里充满了海洋、雨水、四季、家乡、草木、花卉，以及由此生发的回想、等待、希望、幻灭、担忧这样的语词意象，这些语词像是随意的自由落体，被时光打磨，被空间隔离，表达了当代人面临的种种困境和怀疑。

> 她们集体失眠了／并不是出于礼貌
>
> ——《回旋曲》
>
> 想给茶写首诗／想给瑜伽写首诗／想给音乐会写首诗／但是都没写／幸好没有承诺太多／／如果做决定不容易／我决定坐等时间过去
>
> ——《日记》

何鸣在她的这首《日记》中写到生活中的诸多场景："一定还有更好的解释／茶，瑜伽，音乐会……"她所期待的，也正是我们期待的，更好的风景，更好的音乐，更好的旅途，更好的诗和画，因为有了这些环绕生活的种种事物，从而变得更加生动而多彩。

2020年9月

《自画像》

作者简介

何鸣

女,生于安徽省马鞍山市。

1987年开始诗歌创作。著有诗集《过河看望一座城市》《诗浅花浓》,散文集《目送芳尘去》。

2013年开始绘画创作。2018年1月在深圳举办"起哄或者望呆"双人画展。

现居深圳。

《二十四节气之春分》

《哈尼暮晚》

《墙上的猫头鹰》

《二十四节气之惊蛰》

《飞起来》

《二十四节气之清明》

《日复一日》

《折叠的荷家》

《小奏鸣曲》

《矩形回忆》

《雪,红》

自画像

何鸣诗歌自选集

何鸣 著

Self-portrait

Selected Poems

人民文学出版社

目录

序
向微小的事物致敬　　　　　　　　谢冕

后记
拉拉杂杂的生活，拉拉杂杂的话　　何鸣

辑一　素心

003	墙上的猫头鹰
004	风景
005	当我吞下一把药
006	小布头
008	散步时我们在想什么
010	雨水
011	即兴曲
012	薄荷
013	花朵
014	思乡曲
016	截句35
024	绿茶
025	不如画画吧
026	竹书签
027	回旋曲
028	即兴诗
044	小奏鸣曲
045	一首歌
047	信使
048	黑暗中
049	眠
051	飞起来
052	地铁站
054	当我开始叙事
055	失落之物
057	雪，白
058	核桃
059	预兆
060	我只认得她们
061	思绪
062	躺着，远了

辑二 流年

- 066 日复一日记
- 068 2020年春季流水账
- 070 日记
- 071 岁末
- 072 夏天
- 073 小满——写给绵绵的短诗篇
- 074 立春
- 076 端午节
- 077 七月
- 078 台风季
- 080 四季桂
- 081 备忘录
- 082 拜年
- 084 假如我生活在古代
- 085 纪念日
- 087 自画像
- 088 末日猜想曲
- 089 重阳节
- 090 过年
- 092 写给迈克尔·杰克逊
- 093 十年
- 095 那一年，20床
- 096 回乡

辑三 域外

- 100　荷家
- 102　每一个想去的地方
- 103　冬末在挹翠湖
- 104　莫奈花园的苹果树
- 105　那天我在岛上
- 106　爱晚亭
- 107　火车穿行在巴伐利亚森林
- 109　库克山
- 110　块垒
- 111　土耳其旋舞
- 112　白水河
- 113　蒙特利尔
- 114　冰海
- 115　老城区
- 116　喜马拉雅
- 118　银河
- 119　零公里
- 120　午后六点的拉什海
- 122　海上田园
- 123　八月，在海边
- 125　我看见下雨的海

辑一

素心

plain heart

part one

墙上的猫头鹰

墙上的猫头鹰是一幅画
我更愿意把它看作是一根蔬菜
它的脑袋里全是叶绿素
它的翅膀下覆盖着温暖

它是夜行动物
住在除南极外所有的大洲
黑格尔说
"密涅瓦的猫头鹰要等到黄昏才起飞"
这是关于哲学的思考
而我在照片里看到的黄昏
是最短命的曲调

星辰自有轨道
我多想听容易的答案啊！
它飞翔于黑夜
只是为了证明黎明

妹妹提醒我
照相的时候不要大笑
说时间长了会长木偶纹
我摸了摸脸颊
想到满脸皱纹的时候
还有什么
不可以缺少

墙上的猫头鹰是一幅画
而我，见过真的。
在国家野生动物园
它待在笼子里睡觉
睁一只眼，闭一只眼。

2020年7月

风景

我住的小区叫四季山水
刚搬来的时候
推开北书房的窗
满目梅山入眼
偶尔有雁字往返
好像一幅古诗词的画面

十年后
山下长出楼群
梅山还是迎面在眼前
如果有一朵云经过
支起三脚架也拍不全

刚住进来那两年
从二十七楼可以望到遥远的天际线
现在,平安大厦高高耸起
在白天闪烁
在夜晚更耀眼

昨夜风雨大作
我在看两部波兰电影
在起初静坐的五分钟里
我的眼睛适应了黑暗
在这看不见的五分钟里
我突然心有一悟
平安大厦的高光时刻

真不该把两部残酷的电影放在一起看
第一部是《残影余像》
第二部是《生活如此美好》

2020年5月

当我吞下一把药

当我吞下一把药
其中只有两片的二分之一是必要的
多余的全是安慰剂

安慰着缺钙失眠心跳过速
像某种逃避
像某种安静

像一句被删掉的格言

2019年12月

小布头

小时候看童话书
《小布头奇遇记》
遭遇了最初的怜悯

那时候
奶奶还看得见纳鞋底
用碎布浆成帮子
花花绿绿的上面蒙一块白布

我想起可怜的小布头
她是被忽略的一块碎布头
比旧袜子还不起眼

那些人世间的旧东西
没有比小布头更惨的了
一把旧梳子
一对旧枕套
一本翻烂的书
她们还能找到主人

而小布头呢
直到奶奶捡到她
把她浆糊在鞋底的一个角落
她才有了归宿

也不算最好的归宿
如果绣成一朵花
或是打在肩膀上的一块补丁
至少还会被看见
被风霜雨雪关照过
可是，找不到棉袄的小布头
只好被压在鞋底
越纳越紧

而我最初的怜悯
依然保持在
我所见褴褛的每一块小布头上

也许生来
她们并不是一双鞋

2019年12月

散步时我们在想什么

在楼下遛狗
碰到邻居对骑车的男孩说
沿着地上这条缝隙直行
你会骑得越来越好
可是小男孩东倒西歪
根本不打算骑好

狗也在东张西望
好像有些心事
周遭的存在提醒了它
将要失去什么

散尾竹虽然披头散发
因为有了滤镜和调色板
照片上净是糖水味

糖水是奇怪的时光机
把甜味折叠起来　发酵

走到教堂只需五分钟
我突然想起张神父的一句话
他说爱主成伤

散步时我们在想什么
有人在楼上喊
下—— 雨—— 了——

2018年3月

008
———
009

雨水

当我感觉到冷时
并没有看见雪
只见无尽的雨
从初二下到初七

返回的时候
想买一套地灌
从此不再担心
毫无保留的春天

这跟气候无关

当进入无尽的宇宙
简单到变形的袜子
也想安顿好自己
青菜要有青菜的样子
赤松还在画里
也要好好安顿自己

只是雨不停在下
不停在下
似乎拼命要错过
这个
充满好意的一天

2018年2月

即兴曲

如果不出门
我想我会待在这里
浪费所有的假期
挨到日落大海　叶子悄悄飘零

像是有意要拆散什么

我会准备一些礼物
重新收拾久被搁置的东西
在放进包装盒时
突然活泼起来
那小小的虚荣
"是我最爱的原罪"

蝴蝶结被撕开了
其实我担心的是
左耳的耳鸣　几时会再响起

那响动　似乎已停歇了几日

闪闪发光地待着吧
暖冬　只是来过而已

2017年12月

薄荷

薄荷有异香
我用它打过蛋汤
下过面条
烧过鱼
甚至被我剪下来做过书签

我要的是它的调性
抒情,出位,不彻底。

薄荷
名字也好
有一点儿随意的雅致
摘下来也不皱
死都不走调

2017 年 10 月

花 朵

暮色已晚
暮色　无从消解遗憾
花朵们枯蕊新鲜
结着伴　散落人间

散落在眼前
清明隐约的雨　飞将起来
我的担忧仍在

这一切　清明
花朵的好名声
桥上纷沓的脚步　隐约
我的担忧仍在

分不清海水河水
只有那暗淡的蓝
映着花影　无力回天

2017 年 4 月

思乡曲

周末听《好声音》
那首《父亲写的散文诗》里
庄稼走过两季 十年就过去了
我边听边想
不能莫名其妙把八月荒芜

家庭群不断发来旧照片
我一张张存于文件夹
我边存边想
要好好写一首思乡曲

院子里
香樟树和女贞树被青苔缠绕
我分不清她们的叶子
哪一个是圆,哪一个是椭圆

邻居有个男孩给三条狗都起了名字
我记得最大的叫北极熊
入秋的某个晚上正在某处旅行
每一个想去的地方
她们都有名字
她们都很遥远

思乡曲一定要简单
调子不能太低
槐花是高音谱号
压在枕头底下
熏出泪来

2017年8月

014
—
015

截句 35

1
倒数第五行
是绵密的
高度敏感的
营养可疑的浓汤

2
备忘录里存着
一次性钢笔水
每一次删掉一行
都不免俗气

3
好吧
不能要求什么
比日落更美

4
宙斯神庙
保存了十五根直立的柱子
还有一根倒塌了
拱门把它分为新旧两城
离大理石越来越远

5
出东梯左转南区出口处
有一只流浪猫蹲在那里
可为什么我只有看见流浪猫
才会停下脚步

6
乐队开始演奏
我闭上双眼
立志要弹贝多芬《月光曲》
只弹这一首
一直到老

7
一种珍贵的植物是存在的
我看不见这些
怀抱偏见

8
夏天的小麦美得不像话
只在电影里见过
红嘴的灰喜鹊
拥有傻子般热情
我怀疑它们会彼此关照

9
原地小跑
原地瑜伽
原地仰卧起坐
亲爱的运动
裁判并不完美

10
烤好的红薯片在自言自语
我们的衣服都皱了

11
片尾曲很好听
连听了两遍
成了矩形回忆

12
比急忙赶来的燠热
多了一份亲近
这亲近
想被挽留

13
还是喜欢听到那句
看上去你们还是老样子
这是一勺起腻的蜜糖

14
我收集的猫头鹰
它们守着黑夜
并不只是想证明黎明吧

15
下雨天就像锯木头
忙坏了雨水

16
圣托里尼岛有三百六十多座教堂
不搭架的葡萄园
不甜的酸奶
我以为我看到了最好

17
超市里的那个仙人掌是蔬菜
我无法相信
它们被吃掉的样子

18
想在玉米地上
画上宝石
一片片苞谷叶
浮夸了这幅画的想法

19
花园大道是一条很美的路
潟湖的入海口
灯塔处惊涛不见
埋葬在这里的
有甜蜜人生

20
我看见了好望角
绕过北半球
比绕过地理书
晚半天

21
脑袋里正在开party
响应着心跳
一切与我有关

22
设想我的下一本诗集
是水溶性的
并不能知错就改

23
茶叶可以做成果酱
唯有不确定
可以宽慰

24
京都的低调不贪心
连麦当劳的ＬＯＧＯ都变浅了

25
没有什么可以阻挡美好
美好
是弱德之美

26
无法说服自己
看着一只狗走完它的一生
我将用虚度年华
换你的快乐

27
从去年冬到今年春
多肉植物战胜了回南天
它们学会了那首没有歌词的歌
比《文森特》好听一百倍

28
想好了要画一幅画
云彩想在湖里打个滚
画完后才发现
那是最完美的快乐

29
收到一份问卷
纠结于这个提问——
如果你能选择的话,你希望让什么重现?
(我有选择困难症)

30
提笔忘字的时候
没有去翻字典
而是愣在那儿想着
等比数列

31
新建的备忘录里
存有一个速绘
就像现在的拍照
中意背影

32
阳台上栽有十几种花
同时开的有三四种
并没有窃窃私语
只落个一厢情愿

33
换个单杯
想好好养的这条鱼
是银制的
而游在缸里的
曾经有三条

34
绵绵①搂着它的球安心地睡了
愿你好梦
愿你贴膘
愿你生有可恋

35
我心中有十首诗
是家里最好看的东西

2017年3月

① 绵绵，作者养的小狗。

022

023

绿 茶

时至今日
绿茶
像醉了的舞者
在静默中舒卷
在静默中　悄无气息地栖息

回想中的猴魁
在山间云端　炽烈安睡
不带目的的富饶
牵扯裙裾翻飞

细雨中触景　微风中生情
还缺的那几片
故意藏起来
怎么也捞不起

在平原上生死
在云团下窒息

2017年3月

不如画画吧

空气太潮湿
我想成为倒立的女孩
这样就能碰到绵绵的鼻子了

书被堆成小山
为了忘却我的羞愧
我翻看一本过时的字典

不如画画吧!
阳光正好　花开得也不谦虚
我接受你的样子
你的样子就是景色如绵

只要有两次幸运就足够
一次入神　一次走神

2016年6月

竹书签

翻开六年前的一本笔记
字迹陈旧,页面微黄。
少许霉味
压在一篇演说摘录中
文字干净得过于谦卑

一支竹书签
刻着漫不经心
风干的名言这样写道
万物无路可寻

我试图夹在另一本书里
纸张
掀起了他们的好奇心

2016 年 12 月

回旋曲

阳台上的花总是这样闹别扭
今天是含笑
隔天是栀子花
我拍下她们最美的样子
不知道她们正在狂奔

以为还是春天
并不见得依依不舍
她们集体失眠了
并不是出于礼貌

楼上传出回旋曲
高高低低反反复复
花开得情绪低落

直到长出新皱纹
回旋曲一直在响
响成画外音

2016年4月

即兴诗

即兴 1

站在风里
想试一下
醉

喝了半瓶米酒
果然像是醉了
头重脚轻,眼角有泪
像在风里

我仍感到 醉的清醒里
是风在作怪
风说,从今往后
别说
我是幸运的

即兴 2

远处有山
在海面上徜徉
想象中纵身一跃
星光摸不到边
那是想的无常

天台上　夜色平淡
花儿也黑了
她的主人身怀绝技
第二天
开得更旺

即兴 3

如果从窗口望过去
就能听见海浪　入眠
我捧着内心的黑暗
心存忧患

过了一夜
雨下了一半
我这样看大海
情非所愿

即兴 4

那一天
做了一个怪梦
某种金属　面目暧昧
发出波光旖旎的声响
像是　有某种
潜力之花

两个无所事事的人
在深夜　轻率地讨论
何为幻灭

即兴 5

在清晨熟睡
被剧情惊扰
此时鸟雀开始啼鸣
在睡眠深处
有无限美好

熟睡真是一种奖赏
一块未发酵的面包
像清醒的恩宠
待到最后

即兴 6

夜色泛白
心思落空
假想
在等待中
一分一秒　退回

即兴 7

看草原
就像看大海
风口浪尖上的波涛
哗啦啦一大片

鲜花不甘心
想过另一种生活
草原唱着小夜曲
越过一幕幕浮现

即兴 8

石榴红在中秋
剥开它的时候
它流泪了

暗红色的泪珠
映在月光下
疼痛

即兴 9

皮肤开始过敏
小小的痒　在夜间
加速升温

醒来
后悔不迭
在未醒的梦上边
匆忙转移

即兴 10

换了窗帘
换个心情
换了手机外壳
换个心情

颜色换来换去
心情忽远忽近

换了季节
亦是心情

即兴 11

我愿以我的不完美
毁于酒的痴迷
毁于下半夜的喧扰

我愿以我的不完美
换你的快乐

即兴 12

一个
经常忽略不计的疼痛
被放大

夜晚
开始变得汹涌

即兴 13

夜雨中
突然想起雪落的沙沙声
远比无声的落下
更有画面感

白色飞舞
这情状
像极了　樱花小时候

即兴 14

如果一个人的空虚
是另一个人
那是多么荒唐

一个人的空虚
来自一个人的妥协
那么　会有多少种语言
哼着小谣曲

2006 年 3 月

042
———
043

小奏鸣曲

下雨天最适合弹琴
当然也适合睡懒觉
我练习迪阿贝利的《小奏鸣曲》
从年前到现在
还差几小节

今年的雨水少
荔枝会是个大年
我不指望雨水
只想把一曲弹完

2015年4月

一首歌

有一首歌里唱道——
悲伤是奢侈品

每次循环不止
令窗外静默如山
更加跌宕起伏
悲伤经不住反复听

一首歌被雨水浇过之后
如何流传是个秘密
悲伤的词性有三个答案
你选择妥协
压在抽屉里表达敬意

把焦点集中在一首歌上
听着听着就哑了
比布谷的啼叫还单纯

2006年3月

信使

我确信
我需要一位信使
帮我传送隐秘的信息
用精油封上暗语

我需要一位信使
住在我身体最角落的地方
不易发现
或者根本就不被发现

她几乎是经常被忘记的
细碎事物
像一粒疱疹　只等待雨中落尽

而被想起的理由
是需要　送信

我确实需要她
一位信使
穿着暗淡的衣裳　如夜色
在困顿的马蹄声中
帮我送一沓
潦草涂就的信

2007 年 2 月

黑暗中

黑暗中
我听见翅膀的扑腾

我估计是一只瞎鸟
坠在天台上

我懒得起来看一下
而睡眠迟迟不来
就是为了困顿

我依赖生活中的一切事物
我想　这是可以被原谅的吧

谁也禁止不了天空变为蓝色
禁止黑暗中的黑暗面
离光明太远
它们自有记忆的秘密
坠下来　永无生还

2007年2月

眠

无法定义
此刻眼睛的状态
不是干涩　是干燥

在辗转判断之间
依然慌着

不想听见蛙鸣
如今这声音　尤其罕见
怕趁着想象
飞驰太远

是的，我安全地躺在
夜色里

这夜色
极适合　眠
以及　失眠

2007年2月

飞起来

会飞
那只是一瞬的想法
黑暗中　到处是飞行
不会飞　才是不济的
如同游泳　不会换气
被自个儿感染

迟来的秋
嘴唇提前脱了皮
天啦　是不是患了口红病
在辞典里猛翻这个词

在我纷乱的世界里
这个　从来都是单数
飞起来
飞到绘画里

2015年10月

地铁站

下雨时我冲进地铁站
不是躲雨,是温习她们的名字

我热爱她们的名字
从西丽到清湖
从香蜜山到红树湾

一切都像翻了个个儿
地下正在生长隐秘的地图

我曾骑车穿过她们
后来坐公交坐中巴　呼朋唤友地来了
现在我开车　　常常迷路
地下正在生长隐秘的地图
或大隐于市　　或一生孤绝

我热爱这些名字
竹子林　　白石洲　　百鸽笼　　鲤鱼门
上水径　　莲花村　　车公庙　　通心岭
这些名字
比岭南开花的植物还要体面

那一刻
我从梅林换乘到坂田
地上潮湿
地下温润

2015年10月

052
—
053

当我开始叙事

当我画了那张
用来想象的加利果之后
我对苹果的平庸有了期待

当我走进比电视上陌生的雅典时
我的心仍在爱琴海畅游

当海拔鼓荡耳膜有点疼
大风热浪年复如是
旅行原来是一个夹层

我以为我看到了最好
其实并不是下一个

当我开始叙事
抒情从此变得苍白

2015年2月

失落之物

我丢失最多的东西
应该是手绢
大多数是在旅行中
有一次是在寺院
我摸索着失去它们的方式
直到我的眼睛适应了黑暗

这像是一种寂寞的恩典
我的失落之物
是手绢
和手绢上的图案

2014年7月

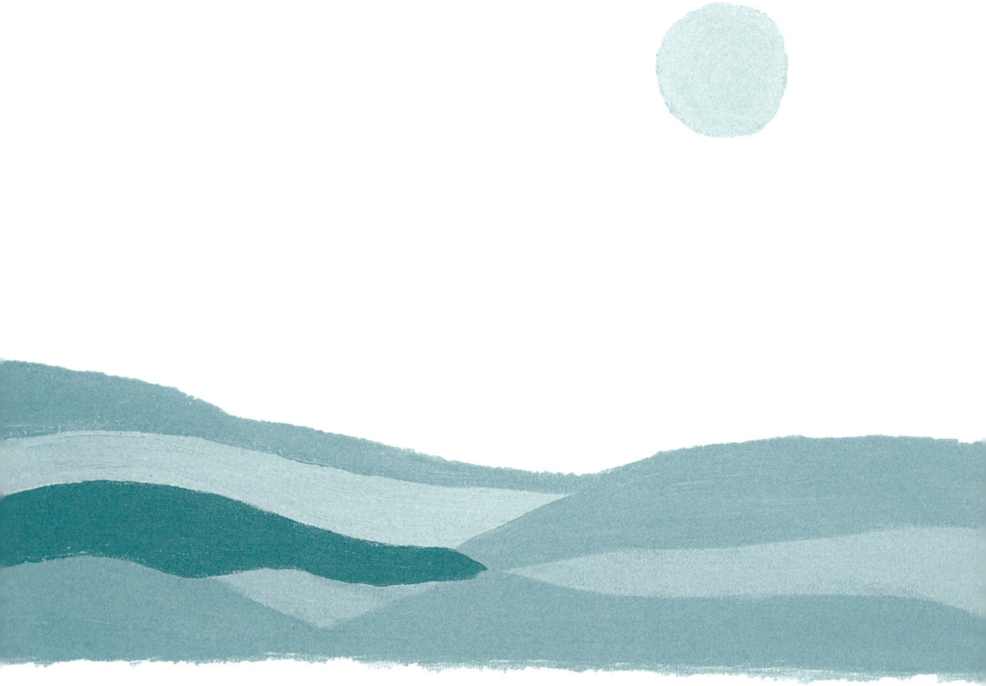

雪,白

全世界都在谈论雪
她的灵魂比童心还轻

声音像极了素描
换上春装就不吵了
她和花瓣有着相依的基因

无处不在的春光
藏着舞蹈的善良

我需要一只胆小的猫
还有许多涤荡的浪漫
当全世界都在谈论雪
我需要埋头寻找
那一片高兴坏了的 白

2014年2月

核桃

我爱上了
心里那块阴暗的地方
夜空从此分为两半

一半是你
一半无我
用沙眼携带光明

语词埋在树荫下
变成影子
越来越小到消失

那是一个信号

那是心事犯起了瘾症
躲在心脏里的核
已进化成核桃
在除夕之前被碾碎了

2013年12月

预兆

右眼的跳痛
像一道谜面
仿佛预示着什么

谜底
并不想走开
直到不痛
直到
换成左眼

2014年7月

我只认得她们

我只认得花开花落
并不想认得更多的人

只喜欢那些微苦的植物
她们体质中难得的苦
开着开着就静了

像月季　　雏菊　　彼岸花
我只认得少于亲人的花朵

脉息如春
熄灭才算幸运吧
苏醒　　只等琴声错乱
或是竟是错过的
我的姊妹

我只认得她们
并不想认得更多的人

2013年8月

思 绪

离疾病差一点儿
离能干差一点儿

离出发差一点儿
离妄想差一点儿

离如果差一点儿
离预料差一点儿

离后悔差一点儿
离错过差一点儿

离暧昧差一点儿
离忐忑差一点儿

离他，差一点儿
离你，差一点儿

差一点儿　差一点儿
那些其次　多么美好！

2010 年 8 月

躺着,远了

躺着
病的身体在血液里开花
虫子吞噬着病
病养着病
一颗心悬着
放下来就远了

被允许想起的
是内心的希望在支持
躺着
窗外的夏天越来越远
柳叶早已绿过了头
安静在深夜都不肯降落
白云一次次飘过天空

久违的蛙叫　久违的蝉鸣
人间的最后一天
在梦境里飘着
在躺着的梦里做着梦

也许　只有躺着
只有在安静中
才可以看见
才可以看见那些年轻的日子

那些年轻的日子
一下子就远了
当你适应远的时候
你觉得远　真好

2003年10月

辑二

流年

fleeting time
part two

日复一日记

入户的窗台上有一块黑茶饼
上面刻着杜甫的诗
"露从今夜白"

我每天进出门
一抬眼就看见"月是故乡明"

她带来世界上每一天的清晨和黄昏
出了伏,入了秋
风声就是她们的全部了

给洋牡丹浇少少的水
她的花开得更好看

走累的时候
好想回家喝口水松松脚
再摸一摸狗

我终于理解了约等于
约等于就是
隔在清晨和黄昏之间的
微弱的耐心

2020 年 8 月

066
—
067

2020年春季流水账

清明节的雨下了整整三天
从美庐阁走到听涛阁
有六十六步台阶
我牵着绵绵数过

一本流水账
从2020年春天开始
记下冒险之路

只要在户外
绵绵就要罩上雨衣
没有雨也穿

前几天燥热
遇见一个取快递的女孩问
这么热狗狗还穿衣服

我说那是防护服

绵绵很不自然
它快速抖动着身躯
埋下头去

消毒湿巾比吸油纸用得快
妈妈送来一小碗咸鱼
我吃了七天

雨哗哗下
我站在树下拍花
不只是下雨的地面
才有倒影

2020年2月

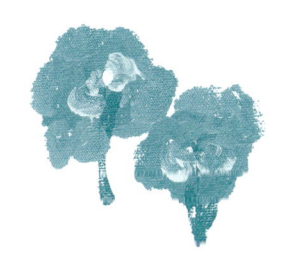

日记

想给茶写首诗
想给瑜伽写首诗
想给音乐会写首诗
但是都没写
幸好没有承诺太多

如果做决定不容易
我决定坐等时间过去

喝茶时
草木皆可入席
洁帕不要大于手掌
说起来很老套
练瑜伽就是想成为纤细的人
音乐会
总是喜欢下半场

一定还有更好的解释
茶,瑜伽,音乐会……

听起来也合乎情理
一谈到未来
便沦为难以逾越的鸿沟

2019 年 8 月

岁末

换了新手机
备忘录提醒我
存档将在30天后永久删除

我开始有点慌
浏览最近记录
发现全是线路指南
停车方位
和shopping list

我得了方向失忆症

各种卡也在发来信息——
您的积分将被清零

我把铃声设为"欢乐时光"
除了月亮用过
在夜色下
它们全是蓝调

2017年1月

夏天

多肉植物疯狂生长
为了让它们不受拥挤之苦
我把它们散成三个盆
并且分别起了名字

过了七天
它们开始东倒西歪
又过了七天
它们连腰都直不起来了

我确实有点儿后悔移植
这是入夏以来
我犯的若干错误中的一个

而小满之后的夏天
早已热得不行
给三个盆植起的名字
我也只记住一个,叫——
捷径

忘记的那两个
我要在秋天找回来

2017年8月

小满

—— 写给绵绵的短诗篇

绵绵歪在床上　蜷成一团毛线
它的愉悦
来自毁坏的那只球

实在想去凑个热闹
把水果埋在酸奶下面
把咳嗽腌在鲜橙中
想演算出完美的公式
的确不存在

春天转眼过去　入夏已至小满
与这些时间相比
它的热情多么可怜

2016年5月

立 春

夜色
像极了沙漏的细碎
比悄然坠入
更有画面感

夜色飞舞
黑暗中写下自己的评注
桃花樱花桂花纷纷失宠

如果是雪花就好了
这一刻
她梦想与大地交流
续一杯热茶

2006年2月

074
—
075

端午节

五月的海
止不住蔚蓝
是怀抱中的槐花
熬成的稀饭

黏稠　但不粘牙
比急雨后投下的阴影
半径不小于五十米

我想起几味中药的名字
除了黄连
其余的
都饱含诗意

顺便　我也想到了她们——
钥匙花，洗澡花，打碗花
这些俗名听起来
已经失联多年

2015年6月

七 月

好多年没遇上梅雨天
当我跌跌撞撞爬上阁楼
轻嗅四周
闻到了并不讨嫌的湿润

山势经不起考验
躲在雨里化为云烟

雨倒是不急不慢不跑题
不像南方的回南天
在总也干不透的衣衫里
藏着深深的眷恋

在乡下
梅雨天又长又脏
可是美呀!
美总比其他优点更受人待见

木枣花撒了一地
电风扇吹了半小时
立夏和夏至隔着十五天

2015年7月

台风季

起风前两天
月光分外清明
她的光辉叮咚暗响
碎了一池蛙鸣

起风前一天
月光闷闷不乐
不是所有过敏
都从小小的痒
加速升温

台风季来了
那些重复　后悔不迭
在麻痹的收纳中
慌忙转移

那一片洪海
不是歌里唱的
是我看见的

2015年7月

078
—
079

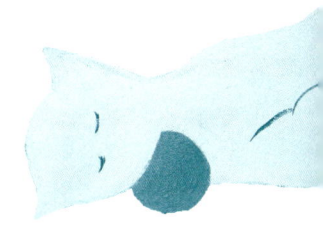

四季桂

盆里的两株桂花
一株悄无声息地萎靡
另一株,还葱绿着
它们竟是不相爱吗

大概四季太长
要是八月就好了
八月,只在秋风里妖娆

是一样的风霜雨露
它们紧密生发开来
开满细碎的奢望之花

小雪之后就分开了
有什么隔离会这么香
身边的三角梅
正穿着水红的衣裳

2015年7月

备忘录

现在
我老是被自己提醒
写下备忘录
就像跟昨天握手言和

我记下
在喀什第一次吃新鲜无花果
上午五元一颗
晚上一元五粒

我记下
妈妈写的她的两位母亲
记下柠檬冰糖虾米豆浆酸奶
浴室的玻璃门坏了
我记下还要买插座转换器

我记下阿热亚路是有河的地方
五百多座清真寺有一百二十二座在老街

偶尔
我会从备忘录中
发现不想要的东西
像逝水流年恋上时间的对手

2015 年 7 月

拜年

蒋素珍是我的高中班主任
她去世已经两年多

我最后见到她的那天
她躺在ICU的床上
脸是肿的

两年来
我经常想起她
她曾经教过我们地理
有些在记忆中错了位

有一个夜晚
我突然梦到她年轻的时候
微胖　不俊俏
在操场上跟我妈说悄悄话
研究绣花枕头的画样

蒋老师的地理课教得很好
是我在文科班学得最好的一门课

今年春节
我去看望她的老伴
八十六岁的蒋公一直微笑着
他说，自她离世
我以为自己活不过一年
没想到快三年了
我还在

他说这话的时候
阳光晒进客厅
暖暖得发烫

2014 年 2 月

假如我生活在古代

假如我生活在古代
多半是在农庄
长风悬挂窗外
一夜紫藤
一叶松香

树枝撞上闪电
落于发梢
我身体里的宇宙尘
神经质地伸长了
宣纸的翅膀

我多半是个勤快的姑娘
来不及画的好风光
总有一天
会互相喜欢上

红蜻蜓憩过来
它们只想看到相信的东西
我以为看到了意外

2014年8月

纪念日

总有那么一天
像褪了色的灯芯绒
很有质地地　衰竭下去
而蛙鸣　绝无退让之势

突然想起那天
是跟祖母的夜行路
在童年搀扶着走过
树影子的沟壑
每一步都要跳跨过去

那是在看完一场露天电影回来
我们专心地赶路
祖母啧啧叹道：
电影里那个男子真的吃上面条啦？
她想起那块黑白银幕时就笑了

那天　过去了许多年
许多纪念日如期而至
像预料中的醉酒
像内心的一个失望
或游离　或迷恋　或多或少

当灯芯绒变成天鹅绒
怀抱中
多了半斤重量

2013年9月

自画像

我把第一次画的自画像
撕扯了
觉得不好看

我想把所有的阴影
都镶上金边

好多天
一直在想
画,还是等一会儿
再画

我渴望等待中的失败
我热爱它们在风中的张狂
总比上一次要乖

这个四季独缺了春天
我留下纸条
写下:秋天来了

把画框收起来
我想起无足轻重的事情

2013年9月

末日猜想曲

那天早上
睁开眼就庆幸
能练一会儿钢琴
明天还可以多练练

明天别再阴着了
雨天睡不好
老是梦见找不到
如果还有阳光
中午吃一盘青菜就够了

只此一样就好

但是天色马上暗下来
白桦树隐约在山间
黑色羊群神情错愕
他们似乎看见不好的苗头

可能睡着了
头枕着空荡荡的草原
手捂心脏
念一句:幸好幸好!

荷叶边的枕巾
落在白桦木地板上

2012年12月

重阳节

本来想给你一个拥抱
可旋转门不识相
我转进去
拥抱就停留下来

除了深夜及清晨的凉
还透着毫无察觉的秋意
那个秋　中午仍是三十度
满脑子阳光

还有原先
原先的愤怒不见了

我欠你一条鱼　一盘排骨
一张未发黄的相片
一个迟到的
拥抱

2012年10月

过年

雪地里拨出的芹菜
坐上火车来到深圳
来到我家的阳台上
它们静静地躺在
盘子里　用保鲜膜盖上
枝叶干枯　清香仍在

这是过年的一道菜
它经历了许多
我们不知道的事情

2009年2月

090
—
091

写给迈克尔·杰克逊

把好听送给你
折断一切蛊惑声音
把远走高飞的春天
拉到你面前
鼓荡耳膜的
是一场不动声色的偷欢

是那些积尘　写满消失
它们原想写下遗言
身着纸张　退回从前
从一页　响到另一页

或者
在树上　在河边
筑巢　起火　安静地坐着
纵然是　短暂

无论如何
生命之后　仍要灵光四溅

2009年8月

十年

黄昏
在巢湖边上
十年的湖水退到江边
幻为穿越剧　两排青春的
小树林

几乎无法统计
时间剥离的遗忘
有那么一点点苦涩
朴实而甜蜜

十年
足以埋葬二十年的
回忆　甚至更长
此事的确怪异
江水滔滔
像烫手的毛栗子
在心里跳啊跳

这老去的十年
这么早就开始回忆了
复活
始于慢慢变成未知
变成更容易理解的歉意

在成为异乡的故乡
我需要一位糊涂的向导
帮我们绕出去

绕回
那片小树林

2012年10月

那一年，20床

20床是我某段时期的代号
有关我的信息
贴在20床的上方
姓名　年龄　二级护理

有病的日子
无效的时间要尽快迷失
隐痛在一点点靠近
伤心也越来越浓
晚风卷动黄色的窗帘
风跑在20床的前面

针尖扎在肌肤上
是针尖的痛　也是思想的痛
像蝴蝶扑打翅膀
一阵阵纷乱袭来
让病在病中安静了

那一年，20床是我的名字
这名字约束着我
不能乱想

2006年10月

回乡

四月的雨落在回乡的路上
掀起的白烟多么甜蜜
油菜花正在熄灭　它们金黄色的蕊
祖母躺在床上　目光如炬
枯瘦的手臂伸向我们——
儿啊，你们回来了！

回乡的路就是这样泥泞
陌生的房屋和田埂
接连不断的水塘
像跳动的银色的鱼　从眼前闪过

我走在前面
妹妹在我的身后
我们共同的脚步
萦绕在故乡祖屋的梁上

由于我们的到来
祖母吃不下饭
她的眼泪流成了　一道道小溪

她捉住我们的手
说，儿啊——
你们回来了——

这是我们难得的聚首
草莓红色的果子落在土里
不用去管　玉米的清香
还有蚕豆花慕名的虚荣

我们只围着祖母
只围着干净的庭院
回乡的路上
我们听见青烟荡漾着细语
回来吧,回来吧——

1992年4月

辑三

域外

extraterritorial
part three

荷家

立夏的前一天
我认识了锦带花
并想象了一下
她们开成诗意的样子

前庭的枣树附着风车茉莉
不乐观的说法是——
枣树会被缠死
我骨子里的悲观主义
立刻涌现出枣树的故事
并非不快乐

后院有一棵树没栽活
树根上爬满小蚂蚁
隔条柏油路就能望见田野
油菜地遍布山峦

山路旁倚着风雨亭
每隔三公里就有一座
陡坡上还会更密集
虽然并没有仔细考证过
我们走着走着
天就黑了
不过,天总是亮得更早

如果天天都这样
青山的后面升起白烟
期待总是件幸事
对于那些生活范本
我暂时不想说再见

2020年5月

100

101

每一个想去的地方

在扎塘鲁措听弦子弹唱
比喻永远是蹩脚的
秋风还是低了点儿
像一杯化不开的馥芮白
喝起来有褪黑素的味道

当虚荣成为一种无害的恶习
我眼中剩下破碎的时光
开始善解人意了

每一个想去的地方
都有蔬菜和水果
生机饮食有更多的常用配比
水果中菠萝的酵素最多
假如我是一只柠檬
我拿不定选择青色还是黄色

假如
我是一棵空心菜呢

一天一杯蔬果汁
每天都有一个
想去的地方

2017年11月

冬末在挹翠湖

茨坪镇没有想象中的冷
水杉熟了
在另外一些时光里
它们变成重阳木

我对山区无所了解
以为不明确的雨随时会来

围着挹翠湖绕了一圈
冬天轻手轻脚
这件事的残忍在于
红嘴的灰喜鹊在枝上呢喃
我透过窗户望着它们
比笋尖还要细碎的良善

2015年12月

莫奈花园的苹果树

我总说自己第一次看见苹果树
是在莫奈花园
其实之前我早已见过她
我对自己认识的植物心怀愧疚
指望她们能够生活在别处

松子也是一样
她们一粒粒融进香味中
其实并非身处险境

植物园有四季
我偏爱芍药独舞
那一棵苹果树
责备落叶下跌的时候

2015年9月

那天我在岛上

那天我在岛上
大海非真实地存在着
游泳池的蓝

白沙起腻
热带鱼搬家
海底安放着飞机残骸

我一共看过两次这样的日落
一次在东太平洋
一次在西太平洋

我发誓要看过所有的海

那天我在岛上
那片海
先是布鲁克纳,接着是德彪西
最终停止于舒曼

2014 年 1 月

爱晚亭

若是清早来到爱晚亭
我会想起晚霞铺满地面
低看流水
有秋菊垫底
等涟至漪

和爱相对的
不是晚

我就是在早晨
看见灰尘
在阳光下暗杀
一只蜜橘上的良好用心

2013年9月

火车穿行在巴伐利亚森林

火车穿行在巴伐利亚森林
过于安享静谧的奔跑
票根蜷缩成皱纹
手里捏出的那把汗　丢了魂

恨不得时光倒流一百年
虞美人花早就知道了
跑好远　麦田无边

没有动静被筛选过
只有穿行打扰你了
我们假装是漂泊的荷兰人
比幸运女神还要幸运

红房子一个接一个
隐秘度过许多人生
当我们还是孩子，更小的
天空低了下来

想挽回藤蔓　河流　墓志铭
不是吗？除了这些
巴德基辛根有世界上最美的声音

火车穿行在巴伐利亚森林
但此刻　不是
黄昏渐暗

2013年8月

库克山

山景在阴郁背后
被定制成痛苦的零件
云被塔斯曼湖卡住了
颜色偏白

想走遍全世界去寻找
那种欢喜
总是埋藏着
我们将分别老去的购物单

树长得太胖了
欲望也过不了关
那只苹果还未洗
已经被咬了一半

我不再关心库克的傍晚
我满脑子想的都是阿尔卑斯山

2013 年 5 月

块垒

块垒像个形容词
需要经历动词的锤炼
好比溺水的儿童
忘记画了一半的画
落在岸边的白衬衫

中医调理着
旋律之中的入侵者
来一次没有目的的旅行
在南半球的夜空
看见我们够不着的星星

像吊灯
一拉就撞到眼前
此刻,距离——
变得重要且无边无际

2013年5月

土耳其旋舞

夏夜　我显然很少坐在窗前
纳凉。我常想的是
我失手删除的那些
缺憾。如，拍得不好的照片
暂时没用的字
或许　它们今后将互相缠绕

我也常存有一丝闪念
幻化成　那古老教堂里的旋舞
沉默。出神。渲染。
所有溢美之辞都盖不住的
魂飞魄散

那旋舞　如天籁
抑或落跑的字句
超过祈祷的神情　向呼吸打开

2012年6月

白水河

白水河　　白水河
木槿花正粉着脸
挑额望断雪山
绿丛中白塔孤单

小河漫上台阶
柳枝披挂着睡意
渐浓渐淡

溪流至此成河
河将归于大海
从这里到客栈步行六公里
河床裸露着
不用等到天明

穿梭在时间里尚未破碎
好大的太阳出来了
扎西德勒
扎西德勒

2011年9月

蒙特利尔

马蹄声　由远及近
在城市上空　抒情
我们，经过鸽子
由远及近

旧教堂的钟声　在飘移
建筑的石头在飘移
在城市尽头　运河古道热肠
化为幻影

余晖宁静　环城而憩
顺着大街　到日落停息
一线风光　等阴晴圆缺
躲进故事里

景致处花开花谢
疲倦里留下呼吸

2010年10月

冰 海

彼得堡漫长的黄昏
在波罗的海　徜徉

我企图看见风雪
棉花一样分开
团结在海面上

我企图看见冰海
为夜晚　褪尽沉静
层次分明

为夜晚　运河上的大桥
只念船舶起伏
冷冷的海结着厚冰
在五月
除了继续以外

我在涅瓦河畔买了一幅画
跳芭蕾舞的女孩子踮起脚尖
倒影如冰
那一片海

2010年5月

老城区

有人不愿去老城区
嫌那里搅扰　迟缓

老是
慢吞吞的电车线
贴满薄荷绿的墙壁
暗红色磨花了边角的木地板
以及走进屋子时
立刻哑下来的黑暗

有限的黑暗
在二楼或四楼响起
惊叫的玻璃
应和水面上的汽笛

还有堤岸
老人　和乞丐
还有流浪猫和迷路的小孩
他们生长在大马路上
晒太阳　吃零食　闲扯
不紧不慢

老城区
老是
交接着安好
这边厢　雨下了一夜
那边厢　响起风言风语

2010年10月

喜马拉雅

围绕我们的雪山
悬挂半空　灵魂还在
云朵上生根

我们眼前的喜马拉雅
记忆中的明信片
蘸有一片微凉

像天空中的围裙
在高原上撒野
倒影中有婴儿蓝
薄荷般的劫难

喜马拉雅
虔诚　熟悉　并不难忘
我们的目光吵得它
来不及更好看

2008年9月

116 — 117

银河

那是天山上跨踏的一个夜
我真的看见了银河
它飘在三千米高空　几乎触手可及

那是我们二十年后的再次相遇
那遥远的第一次相见
是在六中大院的夏天

天山上不知不觉的雨
争相攀比着高原之夜
星光顿时紧张　缓缓散落一地

一直追随我们的银河　比想象中无限
比现实中虚拟
比我们看见的还要轻

2008年9月

零公里

我到达零公里的时间大约是下午四点
阳光被爽朗的风陶冶着
散发在天山腹地
散发在生生不息的巩乃斯河谷

车子穿行在辽阔的大地上
零公里要比想象中质朴得多
那么不起眼就匆匆闪过

我只记得比果子沟还要险的地方
把零公里甩了好远
我突然记起这个地方的时候
已经无法回头去拍一张照片

零公里就这样孤零零地远去了
在天山脚下
在梦幻般的云彩里

2008年9月

午后六点的拉什海

午后六点的拉什海
像是大雪刚刚化去
云彩仍在天边
山的回响还在徘徊
隐隐约约地拉长了时间

我们走在明信片里
走在雪过天晴的高原上
这时
如果只有沉默
只有心怀慈爱
那是远远不够的
看看拉什海吧
看看这是怎样的一个海

在午后六点
除了拉长了时间
拉长了各自胸怀的心思
让我们想到的
只能是
只能是
远

2006年3月

120
—
121

海上田园

想写下蔬菜的名字
黄瓜毛豆秋葵茭白
还想写下植物的名字
湘妃竹凤凰树马樱丹

如果时光倒流一百年
那些名字香喷喷的
种下了大多数的欢快

海的味道有牛奶的味道
还有谁同我一样
把世界上所有的好味道
都想成牛奶

再不来就来不及了
海　已汹涌到眼前
池鹭白茫茫一片

2006 年 6 月

八月,在海边

八月,捡回一次童年
捡回浓密的贝类的光芒
那是曾经停留的地方
在海边

现实中大海的气象
和念想纠缠在一起
在八月,在海边
背景中的大山
只是一瞬间

等待被捡回的一个
指尖上蓝色的柔软
疲惫于那个瞬间

那个藏身细沙里的核
浪花上小小的魂魄
纯棉的颜色抵达天边

转移这些视线的
是找寻中的视线
也是被安排好的视线
犹如八月的大海
只能在八月

2005年8月

我看见下雨的海

雨要从远方赶过来
赶来湿润平静的海面
那些藏身于暗夜里的波浪
再一次停了下来
毛茸茸的浪尖上
我看见下雨的海

天空似乎留着闪电
留着越来越明显的紊乱
比雷声更加惊人的
是掩埋中的沙尘
在雨幕中的出演

下雨的海
我看见天光的倾斜
城市的背影后
到处都是深蓝

这样的海也许是个偶然
是些不明不白的光线
在云中搁浅着
在云中
不明不白地　等待

2003年6月

后记

拉拉杂杂的生活,

拉拉杂杂的话

何鸣

2020年注定成为人生中一个难忘的节点。

当我在开年前从新加坡返回深圳时,并不知道这是我在2020年的最后一次出国。

临近春节的各种采买,填满了节前的空档,商场里热热闹闹的景象尚有节日气氛。这是四年来我们再次在深圳过年。那段时间,"新冠"已成热搜新词。

大年三十,武汉封城;大年初二之后,深圳的各个小区也陆续封闭;春节七天假期延长到十四天,接着又往后续,一直续到三个月之后才逐渐复工复产。"居家令"期间的三个月里,我甚至没有迈出小区一步,连遛狗都仅限于楼下草坪。

从来没有一个冬天猫在家里这么长时间。开始的一个月里,热衷于各种烹饪、烘焙,连自己都没想到一个南方人能在三十天内学会发面、蒸馒头、擀面条,在网上跟着视频学做面包、蛋糕,私家出品的核桃欧包还频得点赞。

虽然忍不住要晒朋友圈,但探索新菜式的热情却在起起伏伏的疫情中消减。那段时间,每天有海量信息让人痛心到焦虑,无法静下心来读书、写字、画画,只有用看碟刷剧来熬日子。好在,当100部看片计划完成的时候,疫情也相对稳定了。

我开始牵着绵绵（我养的小狗）在夜色的掩护下再一次放风，我们是有多渴望外面的世界，哪怕只是楼下。

四月，第一次出家门是去中心书城，第一次戴着口罩、手套浏览书架。无意间在某个拐角处瞅见眼熟的《诗浅花浓》，这是我十年前出版的一本诗集，我取出来翻了翻，仿佛听见时间像流水般响彻耳畔。

十年一瞬。

我想，应该有必要把又一个十年散落的诗篇整理一下了。

六月，一个并无预先计划的安排，去了一趟青海。这是半年来我的第一次远门。

大西北太辽阔了！我们沿着河西走廊绕了一个大环线。驱车在大漠上奔驰，体会着"劝君更尽一杯酒，西出阳关无故人""借问梅花何处落，风吹一夜满关山"的感慨，才发现我们原来都活在古人的诗句里。往往只有诗歌才与远方相遇，记得途经德令哈的时候已是傍晚，大雨将至，我的脑海里自然冒出了海子的诗句——"今夜我不关心人类，我只想你"，德令哈，雨水中一座荒凉的城，让我一度沉默。

豁然开朗的当然也是这些美景。祁连山上的雪，青海湖的花，莫高窟的冲天杨……这些让我们暂时忘记了疫情。

七月,在深圳音乐厅听了今年的首场音乐会,因控制观众人数只有30%的上座率,每排隔两个空位坐一个人,全程戴着口罩听贝多芬的《G大调第四钢琴协奏曲》,也是一种陌生的体验。

这似乎预示着生活要慢慢恢复正常了。

这之后,收拾阳台,整理书房;瑜伽练起来,牙医约上了;小范围的聚会也有了……

突然就想到日本寺院里的警句:雨天自有雨天的过去。

收录这本集子的,大部分是我近十年的创作;配有的十几幅插图也是这几年的绘画作品。自我从七年前开始画画,深深体会到诗画"互文"的妙处,就像古代田园诗一样,从诗中读出画,从画中读出诗,诗与画都有着神秘的暗合。我愿意把画当成诗,也愿意把诗理解为画。

这里,要特别感谢谢冕老师,他是我先生的博士生导师,也是我的恩师。上世纪九十年代,谢冕老师曾为我的第一本诗集《过河看望一座城市》作序,题为《实诚的抒情》,对我最初的诗歌创作给予了极大的鼓励。谢老师在那本诗集的序言中这样写道:"当我们抒情的时候应该想到,我们是否通过这些形象包容了更多、更丰富的内容……"

秉承着谢老师的教诲,我一直跋涉在诗

歌的丛林中。如今，两个十年过去了，抒情仍在继续。有时候，我多么想把抒情转为叙事，但我的叙事又常常以沉默而告终。

感谢为这本书的出版付出心血的每一个人，是你们让这些作品有了第二次生命。

感谢读到这本诗集的每一位读者，正是因为有你们，拉拉杂杂的生活才有了继续抒情的可能。

2020年8月

图书在版编目（CIP）数据

自画像：何鸣诗歌自选集/何鸣著.—北京：人民文学出版社，2020
ISBN 978-7-02-016682-4

Ⅰ.①自… Ⅱ.①何… Ⅲ.①诗集—中国—当代 Ⅳ.①I227

中国版本图书馆CIP数据核字(2020)第195983号

自画像：何鸣诗歌自选集
ZI HUA XIANG: HE MIN SHI GE ZI XUAN JI

责任编辑：王永洪
责任印制：任　祎
书籍设计：韩湛宁+亚洲铜设计顾问

出版发行：人民文学出版社
社　　址：北京市朝内大街166号
邮政编码：100705
网　　址：http://www.rw-cn.com

印　　刷：深圳市国际彩印有限公司
经　　销：全国新华书店等

字　　数：39千字
开　　本：880mm×1230mm　1/32
印　　张：5.25
印　　数：1-3000
版　　次：2020年12月北京第1版
印　　次：2020年12月第1次印刷

书　　号：978-7-02-016682-4
定　　价：60.00元

如有印装质量问题，请与本社图书销售中心调换。电话：010-65233595